Ludwig und Joe
Aufführung der Herzen
Alisa Kevano

© 2024
likeletters Verlag
Inh. Martina Meister
Legesweg 10
63762 Großostheim
www.likeletters.de
info@likeletters.de

Autorin: Alisa Kevano
Bildquelle: Midjourney

ISBN: 9783946585947

Teilweise kam für dieses Buch künstliche Intelligenz zum Einsatz.

Dies ist eine frei erfundene Geschichte. Ähnlichkeiten mit real existierenden Personen sind zufällig und nicht beabsichtigt.

Inhaltsverzeichnis

Kapitel 1

Die ersten Sonnenstrahlen des Morgens fielen sanft durch die Fenster von Ludwigs kleinem, behaglich eingerichtetem Zimmer in der idyllischen Kleinstadt, in der er lebte. Ludwig, ein aufstrebender Schauspieler, dessen Leidenschaft und Ambitionen ihn hierher geführt hatten, war bereits wach.

Er saß am Rand seines Bettes und hielt ein Skript in den Händen, dessen Seiten von der vielen Benutzung Zeichen der Abnutzung aufwiesen. Heute war ein entscheidender Tag für ihn, möglicherweise der Beginn einer neuen Ära in seiner Schauspielkarriere, da die Hauptrolle für das lokale Theaterstück vergeben werden sollte.

Sein Kaffee, den er sich in der Früh zubereitet hatte, war bereits kalt geworden, vergessen in der Anspannung und Konzentration auf die bevorstehende Herausforderung. Ludwig lebte für solche Momente, die seinen Traum, eine bedeutsame Rolle in der Welt des Schauspiels zu spielen, Wirklichkeit werden ließen.

Obwohl er nicht in dieser Kleinstadt geboren wurde, hatte er sie bewusst als seinen Lebensmittelpunkt gewählt, überzeugt davon, dass die ruhigere Umgebung und der persönlichere Umgang der Menschen hier ihm den Raum und die Inspiration bieten würden, die er für seine künstlerische Entfaltung benötigte.

Diese Entscheidung hatte sich als richtig erwiesen.

Besonders die Bekanntschaft mit Personen wie Maria, die ein kleines Café im Herzen der Stadt führte, hatte sein Leben bereichert.

Nach einem tiefen Durchatmen erhob sich Ludwig, zog seine Lieblingsjeans und ein bequemes T-Shirt an und machte sich bereit, den Tag zu begrüßen.

Ein kurzer Blick in den Spiegel, ein rasches Durchwühlen seines Haars, und er war bereit, sich den Herausforderungen des Tages zu stellen.

Die Straßen waren noch still, als er das Haus verließ und sich auf den Weg zu Marias Café machte. Das Café war ein beliebter Treffpunkt, nicht nur wegen des exzellenten Kaffees, sondern auch wegen der warmherzigen Atmosphäre, die Maria dort geschaffen hatte.

Sie hatte versprochen, die Verkündung der Besetzung des Theaterstücks live in ihrem Café zu zeigen, eine Geste, die Ludwig tief berührte.

Als er das Café betrat, umfing ihn sofort die behagliche Wärme des Ortes. Maria begrüßte ihn mit einem strahlenden Lächeln.

«Guten Morgen, Ludwig! Nervös?», fragte sie, während sie bereits seinen Kaffee vorbereitete.

«Ein wenig», antwortete Ludwig und versuchte, seine Aufregung hinter einem lächelnden Gesicht zu verbergen. «Aber ich fühle mich bereit.»
Ludwig nahm den Kaffee entgegen und suchte sich einen Platz am Fenster. Während er den Blick über die langsam erwachenden Straßen schweifen ließ, spürte er eine tiefe Verbundenheit mit diesem Ort, der zu seinem Zuhause geworden war. Noch konnte er nicht ahnen, welche Wendungen sein Leben nehmen würde, aber in diesem Moment fühlte er sich bereit, jeder Herausforderung zu begegnen.

Kapitel 2

Joe lehnte am Geländer der kleinen Terrasse seines Apartments, das sich in einer ruhigen Ecke der Stadt befand. Die Morgenluft war frisch, und die ersten Sonnenstrahlen kündigten einen klaren Tag an. Er genoss diese ruhigen Momente, bevor die Welt erwachte und der Tag seinen Tribut forderte. Diese Momente ließen ihn reflektieren, ließen ihn zurückblicken auf die vielen Jahre, die er im Dienst der Sicherheit verbracht hatte.

Seine Karriere als Bodyguard hatte früh begonnen, fast zufällig, als er nach seiner Zeit beim Militär auf der Suche nach einem zivilen Beruf war, der ähnliche Adrenalinschübe bot. Es war die Kombination aus körperlicher Herausforderung und dem ständigen psychologischen Spiel, das ihn faszinierte.

Jeder Auftrag war anders, jeder Klient hatte seine eigenen Ängste, Hoffnungen und Geheimnisse. Joe hatte es schnell gelernt, sich anzupassen, zu antizipieren und im Hintergrund zu agieren, während er gleichzeitig alles im Blick behielt.

Die Erinnerungen an frühere Schutzmissionen zogen vor Joes innerem Auge vorbei. Er hatte Würdenträger durch politisch unsichere Länder begleitet, Stars bei ihren weltweiten Tourneen beschützt und Unternehmerfamilien vor Entführungsversuchen bewahrt.

Bei all diesen Aufträgen hatte er gelernt, zwischen den Zeilen zu lesen, die ungesagten Worte zu hören und Gefahren zu erkennen, bevor sie offensichtlich wurden. Diese Fähigkeit, intuitiv zu handeln, hatte ihm nicht nur Anerkennung bei seinen Arbeitgebern verschafft, sondern ihm auch geholfen, schwierige Situationen ohne Eskalation zu lösen.

Trotz der Erfüllung, die Joe in seinem Beruf fand, gab es Momente, in denen er sich nach einer anderen Art von Leben sehnte.

Ein Leben, das weniger von Wachsamkeit und mehr von zwischenmenschlichen Beziehungen geprägt war. Er hatte Beziehungen auf der Strecke gelassen, Freundschaften, die unter seinem unvorhersehbaren Zeitplan und der ständigen Geheimhaltung litten.

Das war auch einer der Gründe, weshalb er nun leichtere Aufträge annahm. Keine hohen Tiere mehr, nur noch kleinere Kunden.

Während er so da stand und in die aufgehende Sonne blickte, fragte er sich, ob es nicht an der Zeit war, eine Veränderung herbeizuführen.

Die Ruhe des Morgens wurde jäh unterbrochen, als sein Telefon vibrierte. Joe warf einen kurzen Blick auf das Display, entschied jedoch, den Anruf zu ignorieren.

Dieser Morgen gehörte ihm allein.

Entscheidungen über die Zukunft konnte er auch später noch treffen. Jetzt, in diesem Moment, wollte er einfach nur die Stille genießen und sich vorstellen, wie ein Leben aussehen könnte, das Raum für mehr als nur Schutz und Sicherheit bot.

Das sanfte Murmeln von Gesprächen und das Klirren von Geschirr umgaben Joe, als er einen seltenen Moment der Ruhe in Marias Café genoss. Er hatte beschlossen, diesen Morgen zu nutzen, um die kleine Stadt weiter zu erkunden, und fand sich schließlich, angezogen von der warmen Ausstrahlung und dem verlockenden Duft des Cafés, hier wieder.

Während Joe einen Schluck seines Tees nahm, beobachtete er die Menschen um sich herum – Familien, Freunde und Alleinstehende, die alle in ihre kleinen Welten vertieft waren. Es war ein friedlicher Anblick, eine Szene des täglichen Lebens, die er so oft aus der Ferne betrachtet hatte, aber selten wirklich erlebt.

In diesem Moment betrat Ludwig das Café. Sein Auftritt schien für einen Moment die Zeit zu verlangsamen. Dieser Mann trug eine Aura bei sich, die Joe sofort bemerkte; es war eine

Mischung aus Selbstsicherheit und einer zugänglichen Wärme, die Joe unerwartet anzog. Ihre Blicke trafen sich kurz, und in diesem flüchtigen Moment fühlte Joe eine unerklärliche Anziehungskraft.

Ludwig bestellte seinen Kaffee und wählte einen Platz in der Nähe von Joe. Ihre gelegentlichen Blicke trafen sich erneut, und obwohl sie noch kein Wort gewechselt hatten, kommunizierte dieser stille Austausch eine Neugier, die beiderseitig zu sein schien. Joe konnte nicht umhin, die feinen Züge von Ludwigs Gesicht zu bewundern, seine entspannte Haltung, die ihn trotz der offensichtlichen Versunkenheit in seine Gedanken zugänglich erscheinen ließ.

Es war nicht Joes Absicht gewesen, jemanden zu treffen, geschweige denn sich von einem Fremden angezogen zu fühlen, doch das Leben hielt offensichtlich andere Pläne für ihn bereit. Dieser

Mann schien in seiner eigenen Welt zu sein, gelegentlich mit Maria plaudernd, die mit einem Lächeln und fröhlichem Schwung die Wünsche ihrer Gäste erfüllte. Doch auch diese leichten Interaktionen zeigten Joe eine Seite von Ludwig, die ihn noch mehr faszinierte – seine Natürlichkeit und die Art, wie er mit seiner Umgebung interagierte.

Als Joe sich entschied, das Café zu verlassen, warf er einen letzten Blick auf den Fremden. Diesmal ließ er den Blick einen Moment länger verweilen, gefangen in der stillen Frage, was wäre, wenn. Es gab keine Versprechen oder Erwartungen in diesem Blick, nur eine stille Anerkennung der Anziehung, die sie beide gefühlt hatten.

Kapitel 3

Hinter der Bühne des kleinstädtischen Theaters herrschte eine angespannte Stille, die nur durch das gelegentliche Rascheln von Kostümen und gedämpfte Anweisungen unterbrochen wurde. Ludwig stand im Schatten, sein Herz klopfte heftig gegen seine Brust. Er konnte das gedämpfte Murmeln des Publikums jenseits des Vorhangs hören.

«Alles in Ordnung bei dir?», fragte Elena, eine seiner Schauspielkolleginnen, mit einem aufmunternden Lächeln. Sie legte ihre Hand kurz auf seinen Arm.

«Ja, klar», antwortete Ludwig, sein Lächeln ein wenig gezwungen. «Nur das übliche Lampenfieber.»

«Du wirst großartig sein», sagte sie und drückte seine Hand.

Bevor Ludwig antworten konnte, kam der Regisseur zu ihnen.

«Bist du bereit? Jetzt geht es los. Toi toi toi.»

Ludwig nickte, sammelte seinen Mut und trat aus dem Schatten. Der Vorhang hob sich, und er wurde vom grellen Licht der Scheinwerfer geblendet. Er atmete tief durch und begann seine erste Zeile, die Worte flossen natürlicher, als er es erwartet hatte.

«Liebe ist kein Spiel», sagte Ludwig mit Nachdruck, seine Stimme trug mühelos durch den Raum. «Es ist ein Tanz, ein ständiges Geben und Nehmen.»

Sein Gegenüber auf der Bühne, gespielt von Markus, einem anderen Schauspieler, erwiderte: «Und was, wenn die Musik aufhört? Was bleibt dann von uns?»

Ludwig machte eine dramatische Pause, blickte in die Runde und sagte: «Dann müssen wir lernen, im Stillen zu tanzen.»

Der Applaus des Publikums am Ende der Vorstellung war ohrenbetäubend.

Ludwig und das Ensemble verbeugten sich mehrmals, die Blumen und der Applaus schienen kein Ende zu nehmen.

Als der Vorhang fiel und der Applaus langsam nachließ, fand Ludwig sich wieder im Halbdunkel hinter der Bühne.

Elena kam auf ihn zu, ihr Gesicht strahlte vor Freude.

«Das war unglaublich», sagte sie, ihre Augen funkelten. «Hast du den Applaus gehört? Sie lieben dich!»

Ludwig lächelte, diesmal echt.

«Danke. Ich… ich kann es kaum glauben. Es fühlte sich so surreal an.»

«Genieß den Moment, Ludwig», riet sie, während sie sich auf den Weg zu den Umkleideräumen machten. «Nächte wie diese sind selten.»

Der Blick, mit dem sie ihm nachblickte, als er zu seiner Umkleide ging, war jedoch alles andere als freundlich.

Nach der Aufführung, noch immer umhüllt von der euphorischen Atmosphäre hinter der Bühne, fand Ludwig kaum Zeit, seine Gedanken zu ordnen, bevor er in eine Flut von Gratulationen und Lobpreisungen gestürzt wurde. Sein Mobiltelefon vibrierte ununterbrochen in seiner Tasche, Zeichen der Anerkennung, die nicht nur von Freunden und Familie, sondern auch von Bekannten und den lokalen Medien kamen.

Während er sich durch die Menge schob, spürte er eine Hand auf seiner Schulter. Es war Herr Maurer, der Direktor des Theaters, ein Mann mit einem scharfen Blick für Talent und einer noch schärferen Zunge, wenn es um Kritik ging. Sein übliches Pokerface wich einem seltenen, breiten Lächeln.

«Ludwig, mein Junge», begann Herr Maurer, seine Stimme übertönte das Stimmengewirr um sie herum. «Das war eine Darbietung, die ich so schnell

nicht vergessen werde. Du hast die Essenz der Rolle nicht nur eingefangen, sondern ihr Leben eingehaucht.»
Ludwig fühlte, wie ihm die Wärme ins Gesicht stieg.
«Danke, Herr Maurer. Ihre Worte bedeuten mir sehr viel.»
Herr Maurer nickte anerkennend.
«Ich habe schon einige Aufführungen in meiner Laufbahn gesehen, aber deine… Deine hat etwas Besonderes. Du hast eine große Zukunft vor dir, Ludwig. Sorge dafür, dass du sie weise nutzt.»
Noch bevor Ludwig antworten konnte, wurde Herr Maurer von einer Gruppe Enthusiasten weggezogen, die begierig darauf waren, ihm ihre eigenen Glück-wünsche zu überbringen.
Am nächsten Morgen fand Ludwig die lokale Zeitung vor seiner Tür, mit seiner Darbietung als Schlagzeile. Die Kritiken waren überschwänglich, lobten seine Leistung und prophezeiten eine glänzende Karriere auf den

Bühnen weit über die Grenzen der Kleinstadt hinaus. Er blätterte durch die Seiten, las jedes Wort, jede Zeile, die über ihn geschrieben wurde, und konnte nicht umhin, ein Gefühl des Stolzes zu empfinden.

Während er dort saß, allein an seinem Küchentisch mit der Zeitung in der Hand, klopfte es leise an der Tür. Ludwig stand auf, legte die Zeitung beiseite und ging, um zu sehen, wer sein Besucher war. Als er die Tür öffnete, fand er einen kleinen Stapel Briefe und Pakete auf seiner Fußmatte, ohne Absender, nur seinen Namen darauf gekritzelt.

Neugierig, aber auch mit einer Spur von Vorsicht, begann Ludwig, die Briefe zu öffnen. Die meisten waren Glückwünsche und Lob von Bewunderern, die seine Leistung gesehen hatten. Doch unter ihnen befand sich ein Brief, der sich von den anderen abhob.

Eine anonyme Notiz, in einer unbeholfenen, eiligen Handschrift verfasst, brachte Ludwig instinktiv zum Innehalten: «Deine Leistung hat viele Augen auf dich gerichtet, Ludwig. Nicht alle Blicke sind freundlich. Pass gut auf dich auf.»

Ludwig hielt den Brief einen Moment lang in der Hand, sein Blick fixierte die unheilvollen Worte. Ein unangenehmes Gefühl breitete sich in ihm aus, eine Mischung aus Unglauben und einer leisen, nagenden Sorge. Er sah sich in seiner Wohnung um, erwartete beinahe, durch die Fenster beobachtet zu werden.

Die Botschaft ließ ihn nicht los, eine düstere Erinnerung daran, dass sein neugewonnener Ruhm unvorhergesehene Konsequenzen haben könnte.

In diesem Augenblick wurde Ludwig klar, dass mit dem Scheinwerferlicht auch Schatten einhergingen. Er verstand, dass diese unerwartete Aufmerksamkeit nicht nur Anerkennung und Bewunderung mit sich brachte, sondern auch Risiken, von denen er bisher nur am Rande gehört hatte. Die Realität seines Erfolgs und die potenziellen Gefahren, die damit verbunden waren, begannen, in sein Bewusstsein einzusickern.

Kapitel 4

Die Tage nach der Premiere vergingen in einem Rausch aus Interviews, Proben für die nächsten Aufführungen und Treffen mit Fans. Ludwig genoss den Wirbel, der seine Tage füllte, doch der anonyme Brief lag ihm schwer im Magen. Er hatte versucht, den Vorfall zu vergessen, ihn als das Werk eines übermütigen Fans abzutun, aber die Worte «Pass gut auf dich auf.» hallten in ruhigen Momenten nach.

Nach einer besonders langen Probe, als Ludwig erschöpft aber zufrieden durch die leeren Gänge des Theaters schlenderte, wurde er von Frau Weber, seiner Managerin, abgefangen. Ihr Gesichtsausdruck war ernster als gewöhnlich, was Ludwig sofort alarmierte.

«Ludwig, können wir kurz reden?», fragte sie, während sie ihn in ihr Büro führte. Ludwig nickte, ein unbestimmtes Gefühl der Sorge in der Magengegend.

«Was ist los?», fragte Ludwig, als sie sich gegenüber saßen. Frau Webers Büro war ein gemütlicher Raum, vollgestopft mit Plakaten vergangener Produktionen und Stapeln von Drehbüchern. Doch die gewohnte Behaglichkeit gab Ludwig heute keinen Trost.

Frau Weber seufzte, bevor sie sprach. «Es geht um die Nachrichten, die du erhalten hast. Herr Mauer und ich haben uns beraten, und wir sind zu dem Schluss gekommen, dass wir zusätzliche Sicherheitsmaßnahmen ergreifen müssen.»

Ludwigs Stirn legte sich in Falten. «Sicherheitsmaßnahmen? Meinen Sie, das ist wirklich nötig? Es war nur ein Brief.»

«Nicht nur das», entgegnete Frau Weber ruhig. «Es gab einige… Vorfälle. Unbekannte Personen, die nach den Aufführungen zu nah an die Künstler-

garderoben gekommen sind, mehr anonyme Nachrichten, die nicht nur dich betreffen. Wir können es uns nicht leisten, irgendetwas zu riskieren. Deine Sicherheit hat oberste Priorität.»
Ludwig lehnte sich zurück, die Informationen auf sich wirken lassend. Die Vorstellung, dass jemand ihm möglicherweise Schaden zufügen wollte, war ihm fremd und beängstigend.
«Was genau habt ihr vor?», fragte er schließlich.
«Wir haben beschlossen, einen Sicherheitsspezialisten zu engagieren», erklärte Frau Weber. «Jemanden, der Erfahrung im Umgang mit solchen Situationen hat. Er wird diskret im Hintergrund agieren, um sicherzustellen, dass du geschützt bist, ohne dass es deine täglichen Abläufe stört.»
Ludwig spürte einen Widerstand gegen die Idee, ständig überwacht zu werden, doch die Ernsthaftigkeit in Frau Webers Stimme ließ ihn innehalten.

«Ich verstehe», sagte er langsam. «Wenn ihr alle denkt, dass das notwendig ist…»

«Es ist nur eine Vorsichtsmaßnahme», versicherte Frau Weber ihm mit einem ermutigenden Lächeln. «Wir wollen nur sicherstellen, dass du dich auf das konzentrieren kannst, was du am besten kannst – die Bühne erobern.»

Als Ludwig das Büro verließ, fühlte er sich seltsam entkoppelt von der aufregenden Realität seines Schauspielerlebens.

Die Idee, dass jemand aus dem Schatten heraus über ihn wachte, war neu und ungewohnt. Doch tief in seinem Inneren wusste er, dass es in dieser neuen Welt des Rampenlichts notwendig sein könnte, sich an ungewohnte Sicherheiten zu gewöhnen.

Kapitel 5

In der kühlen, gedämpften Atmosphäre des Theaters wartete Ludwig mit leichtem Widerwillen. Heute würde er den Mann kennenlernen, der auf ihn aufpassen würde. Er wusste nicht genau, was er davon halten sollte.

Als Joe in Begleitung von Frau Weber eintrat, trafen ihre Blicke sich sofort. Sie erkannten einander wieder und nickten sich beide kurz zu.

«Ludwig, ich möchte dir Joe vorstellen», begann Frau Weber, offenbar sich der untergründigen Spannung zwischen den beiden nicht bewusst. «Wie besprochen, wird Joe ab heute ein fester Bestandteil deines Alltags sein, um deine Sicherheit zu gewährleisten.»

Ein Hauch von Unbehagen zeigte sich in Ludwigs Miene, als er Joe die Hand schüttelte.

«Ich erinnere mich an unser erstes Treffen», sagte er, seine Stimme gefasst, aber kühler, als er beabsichtigt hatte. «Obwohl ich mir nicht sicher bin, ob ich mich über diese Art der Wiedervereinigung freuen soll.»
Joe, dessen Blick kurz flackerte, deutete die subtile Spannung zwischen ihnen.
«Ich verstehe, dass Sie Vorbehalte haben. Und ich wünschte, die Umstände unserer Zusammenarbeit wären andere.»
Seine Stimme trug einen Unterton von Bedauern, aber auch von etwas Unausgesprochenem, das in der Luft zwischen ihnen hing.
«Es ist nicht persönlich», fügte Ludwig schnell hinzu, sich der wachsenden Intensität ihres Austauschs bewusst. «Ich schätze einfach meine Unabhängigkeit. Die Vorstellung, jemanden zu haben, der… mich ‚bewacht‘, ist neu für mich.»

«Ich bin hier, um Sie zu schützen, nicht um Sie einzuschränken», versicherte Joe, seine Worte sorgfältig wählend. «Ich verspreche, so unaufdringlich wie möglich zu sein. Und wer weiß? Vielleicht finden wir ja einen Weg, dass diese… Zusammenarbeit für uns beide angenehm wird.»

Ein flüchtiges Lächeln umspielte Ludwigs Lippen, eine unwillkürliche Reaktion auf Joes Worte. Es war eine seltsame Mischung aus Resignation und Neugier, die ihn erfüllte.

«Ich bin gespannt, wie das funktionieren soll», gab er zu, sein Ton jetzt etwas weicher.

Nachdem Frau Weber den Raum verlassen hatte, um einige Anrufe zu tätigen, herrschte zunächst Stille zwischen Ludwig und Joe.

Ludwig brach das Schweigen, indem er sich an Joe wandte, seine Haltung eine Mischung aus Neugier und Zurückhaltung.

«Also, Joe… wie genau plant man, jemanden wie mich zu ‚beschützen‘?», begann Ludwig, seine Worte mit leichten Anführungszeichen in der Luft markierend. Sein Tonfall war leicht spöttisch, doch seine Augen suchten ernsthaft nach einer Antwort.
Joe erkannte die Herausforderung und das Angebot zum Dialog in Ludwigs Frage. Er lehnte sich zurück, seine Antwort bedacht wählend.
«Nun, es beginnt damit, zu verstehen, was Ihnen wichtig ist», erklärte Joe ruhig. «Ihre Routinen, die Orte, die Sie besuchen, die Menschen, mit denen Sie dich umgeben. Ich will sicherstellen, dass Sie all das weiterhin tun können… nur mit einem zusätzlichen Sicherheitsnetz.»
Ludwig schaute ihn skeptisch an.
«Und das bedeutet, Sie werden im Schatten lauern, während ich meinen Kaffee trinke oder proben gehe?»

«Es ist kein ‚Lauern‘», korrigierte Joe
mit einem Hauch von Humor in seiner
Stimme, um die Spannung zu mildern.
«Denken Sie an mich als… einen dis-
kreten Begleiter. Und nur fürs Proto-
koll, ich bevorzuge Tee.»
Ein unerwartetes Lächeln umspielte
Ludwigs Lippen bei Joes Bemerkung.
«Ein Tee-Liebhaber also. Ich werde es
mir merken. Und wenn Sie in der
nächsten Zeit wohl so etwas wie mein
Schatten sein werden, dann können wir
uns auch duzen, finde ich.»
Er reichte Joe erneut die Hand. Dieser
ergriff sie und Ludwig hatte das
Gefühl, als hätte er einen kleinen
Stromschlag erhalten. Sie blickten
einander in die Augen und lächelten
beide.

Kapitel 6

Das morgendliche Sonnenlicht erhellte Ludwigs Wohnzimmer, als er und Joe sich mit ihren Getränken – Ludwig mit einer Tasse Kaffee, Joe mit Tee – am Tisch niederließen, um den Tag zu planen. Während sie tranken, nutzte Ludwig die Gelegenheit, um mehr über Joes beruflichen Werdegang zu erfahren.

«Also, Joe, wie bist du eigentlich Bodyguard geworden?», fragte Ludwig, neugierig auf Joes Geschichte.

«Es war nach meiner Zeit beim Militär», begann Joe, während er einen Schluck Tee nahm. «Ich wollte meine Fähigkeiten weiterhin zum Schutz anderer einsetzen. Das hat mich irgendwie hierher geführt.»

Nach dem Tee brachen sie zum Theater auf, um Ludwigs Tagesplan fortzusetzen. Als sie in Ludwigs Ankleidezimmer ankamen, bot sich ihnen ein chaotisches Bild: Kostüme lagen verstreut, Notizen und Skripte waren über den Boden verteilt – ein klares Zeichen dafür, dass jemand unerlaubt hier gewesen war.

Inmitten der Unordnung entdeckten sie eine weitere Nachricht, ein unmissverständliches Zeichen der Bedrohung, das ihnen einen kalten Schauer über den Rücken jagte. Ludwig griff sofort zum Telefon, um die Polizei zu informieren, doch die Reaktion war entmutigend.

«Wir verstehen Ihre Sorgen, Herr Lanz, aber es klingt, als hätte jemand nur einen schlechten Scherz gemacht. Es ist gut, dass Sie einen Bodyguard haben, aber bisher ist ja nicht wirklich etwas passiert», meinte der Beamte am anderen Ende, bevor er das Gespräch beendete.

Ludwig legte auf, frustriert und besorgt zugleich. Joe legte beruhigend seine Hand auf Ludwigs Schulter.

«Lass dich davon nicht entmutigen. Ich bin hier, um dich zu schützen. Und vielleicht ist es auch keine schlechte Idee, wenn ich dir ein paar Selbstverteidigungstechniken beibringe.»

Ludwig sah Joe dankbar an, ein Gefühl der Sicherheit durch dessen beruhigende Präsenz gewinnend.

«Das klingt nach einer guten Idee. Ich möchte nicht hilflos sein, falls es wirklich zu einer persönlichen Konfrontation kommt.»

«Gut», sagte Joe mit einem entschlossenen Nicken. «Ich kenne einen geeigneten Ort, wo wir in Ruhe trainieren können. Wie wäre es, wenn wir morgen damit anfangen?»

Ludwig stimmte zu, und obwohl die Enttäuschung über die Reaktion der Polizei noch nachhallte, gab ihm die Aussicht auf das Training ein neues Maß an Entschlossenheit.

Nachdem der erste Tag mit der ernüchternden Erfahrung im Theater zu Ende gegangen war, fühlte Ludwig sich durch Joes Vorschlag, Selbstverteidigungstechniken zu erlernen, ein wenig gestärkt. Es war ein kleiner Lichtblick in einer sonst düsteren Situation.

Am nächsten Tag trafen sich Ludwig und Joe beim lokalen Fitnessstudio, das über einen separaten Bereich für Kampfsport und Selbstverteidigungstraining verfügte. Joe hatte im Voraus arrangiert, dass sie diesen Raum für private Trainingsstunden nutzen konnten. Die Trainerin, die Joe erst kürzlich kennengelernt hatte, als er sich über die Möglichkeiten für Ludwig informierte, war mehr als bereit, ihnen den Raum zur Verfügung zu stellen.

«Hallo, ich bin Katharina. Joe hat mir von Ihrer Situation erzählt, und ich bin hier, um zu helfen», sagte sie mit einem freundlichen Lächeln, als sie Ludwig die Hand reichte. Es war offensichtlich, dass sie professionell und erfahren war, und Ludwig fühlte sich sofort ein wenig wohler bei dem Gedanken an das bevorstehende Training.

Während der Session arbeitete Joe eng mit Ludwig zusammen, zeigte ihm grundlegende Verteidigungspositionen und einfache, aber effektive Techniken, um sich im Falle eines Angriffs zu schützen. Jede Bewegung, die Joe demonstrierte und mit Ludwig übte, war sorgfältig darauf ausgerichtet, Selbstvertrauen und Bewusstsein für die eigene Sicherheit zu fördern.

Es gab Momente der leichten Berührung, als Joe Ludwigs Haltung korrigierte, und jeder dieser Momente schien die Luft um sie herum aufzuladen. Ludwig konnte nicht leugnen, dass er sich zu Joe hingezogen fühlte, und es schien, als würde Joe ähnlich empfinden.

Nachdem sie einige Zeit trainiert hatten, machten sie eine kurze Pause, um Wasser zu trinken und durchzuatmen.

«Ich hätte nicht gedacht, dass ich in der Lage wäre, so etwas zu tun», gestand Ludwig, während er versuchte, seinen schnellen Atem zu beruhigen.

«Du machst das wirklich gut», erwiderte Joe aufrichtig. «Es ist wichtig, dass du dich sicher fühlst, Ludwig. Und ich bin hier, um sicherzustellen, dass das der Fall ist.»

In den Tagen nach ihrem Selbstverteidigungstraining fanden Ludwig und Joe einen neuen Rhythmus in ihrem Alltag. Ludwig widmete sich mit neuer Energie seinen Theaterproben, und Joe, stets aufmerksam, aber diskret, sorgte für seinen Schutz. Die beiden verbrachten viel Zeit miteinander, sowohl bei der Arbeit als auch in den Pausen, die sie oft im Café von Maria nahmen, wo sie schnell zu gern gesehenen Gästen wurden.

Maria, die ein feines Gespür für die Dynamik zwischen ihren Gästen hatte, bemerkte die wachsende Verbindung zwischen Ludwig und Joe. Eines Tages, als Joe seinen üblichen Tee und Ludwig einen Kaffee bestellte, lächelte sie sie warm an.

«Ihr bringt immer so eine angenehme Stimmung mit, wenn ihr hier seid», sagte sie, während sie die Getränke servierte. «Es ist schön, euch zusammen zu sehen.»

Ihre Worte ließen Ludwig und Joe für einen Moment innehalten, und ein stilles Einverständnis lag in ihrem Austausch.

«Danke, Maria», antwortete Ludwig, ein Lächeln umspielte seine Lippen. «Dein Café ist zu einem unserer Lieblingsorte geworden.»

Am Tag nach einer weiteren Vorstellung, bei der Ludwig vollständig in seiner Rolle aufgegangen war, suchten sie wieder das Café auf. Während sie in ihrer gewohnten Ecke saßen, wagte Ludwig es, das Thema der Drohungen, das sie seit dem Vorfall nicht mehr berührt hatten, erneut anzusprechen.

«Denkst du, wir sollten noch einmal versuchen, mit der Polizei zu reden?», fragte Ludwig vorsichtig, während er seinen Kaffee umrührte.

Joe, der einen Moment nachdachte, bevor er antwortete, nickte zustimmend.

«Es ist definitiv einen Versuch wert. Wir müssen alles tun, was in unserer Macht steht, um diese Situation zu klären.»

Die Unterhaltung driftete dann zu den möglichen Motiven und Personen hinter den Drohungen ab.

«Es ist schwer vorstellbar, wer so etwas tun würde», sagte Ludwig leise. «Es fühlt sich an, als ob jemand aus dem Verborgenen heraus agiert.»

«Wir werden dem auf den Grund gehen», versprach Joe mit fester Überzeugung. «Ich lasse nicht zu, dass dir jemand schadet.»

Diese Worte, so einfach sie auch waren,

hatten eine tiefgreifende Wirkung auf Ludwig. Er fühlte sich nicht nur sicherer, sondern auch emotional unterstützt. Es war offensichtlich, dass ihre Beziehung sich zu etwas entwickelte, das über eine berufliche Bindung hinausging.

Als sie das Café verließen, legte Joe beiläufig seine Hand auf Ludwigs Rücken – eine Geste der Unterstützung und des Schutzes. Ludwig schaute kurz zu Joe hoch, seine Augen voller Dankbarkeit.

Kapitel 7

Die Kulissen des Theaters, einst ein Ort der kreativen Entfaltung und des künstlerischen Ausdrucks, hatten sich für Ludwig in einen Schauplatz verborgener Bedrohungen verwandelt. Trotz der ständigen Präsenz des Unbekannten, das wie ein Schatten über seinen Erfolgen lag, versuchte Ludwig, die Freude an seiner Schauspielkunst nicht zu verlieren. Joe, der sich unauffällig, aber bestimmt in Ludwigs Alltag integriert hatte, war stets an seiner Seite, ein stilles Versprechen der Sicherheit inmitten der aufkommenden Stürme.

An jenem Abend, nachdem der Vorhang fiel und der Applaus verebbt war, versammelte sich das Ensemble hinter der Bühne, um den Erfolg der Aufführung zu feiern. Die Atmosphäre war ausgelassen, die Luft gefüllt mit dem

Echo des Beifalls und dem süßen Duft des Triumphs. Ludwig, dessen Herz noch immer im Rhythmus der Standing ovations schlug, wurde von seinen Kollegen umringt, die ihm auf die Schulter klopften und gratulierten.

Elena, die bisher am Rand der Gruppe gestanden hatte, trat zögerlich auf Ludwig zu. Ihr Blick war ausweichend, ihre Haltung angespannt – ein deutlicher Kontrast zu der sonst so selbstbewussten Schauspielerin.

«Ludwig, könnten wir… könnten wir einen Moment alleine sprechen?»

Ihre Stimme war kaum mehr als ein Flüstern, doch in der Stille nach dem Sturm der Emotionen klang sie Ludwig wie ein Donnerschlag.

Befremdet, aber neugierig, nickte Ludwig und folgte Elena in eine abgelegene Ecke des Theaters. Sie ließen die Feierlichkeiten hinter sich, bis nur noch das gedämpfte Summen der Stimmen ihr Gespräch umgab.

Elena atmete tief durch, als sie sich ihm gegenüberstellte.

«Ich weiß, das kommt jetzt überraschend, aber… ich muss dir etwas gestehen, Ludwig.» Ihr Blick war fest auf den Boden gerichtet, als könnte sie die Schuld, die sie zu offenbaren im Begriff war, dort abladen. «Die Drohungen… sie kamen von mir.»

Ludwig erstarrte.

Ein kalter Schauer lief ihm über den Rücken, als die Worte ihre Wirkung entfalteten.

«Was?» Die Frage entwich ihm als Hauch, seine Stimme brüchig vor Schock.

Elena schluckte schwer, ihre Augen suchten jetzt die seinen.

«Ich war eifersüchtig. Auf deinen Erfolg, auf die Liebe, die dir das Publikum entgegenbringt. Ich wollte… ich wollte dich verunsichern, dich aus der Bahn werfen.» Ihre Stimme brach, Tränen sammelten sich in ihren Augen.

Ludwig konnte kaum glauben, was er hörte. Verrat von einer Person, die er als Freundin, als Teil seiner künstlerischen Familie betrachtet hatte.

«Warum?», presste er hervor, sein Herz pochte schmerzhaft in seiner Brust.

«Ich habe mich in der Rolle gesehen, die du bekommen hast. Ich dachte, wenn ich dich schwächen könnte, würde man vielleicht mich in Betracht ziehen…»

Elenas Geständnis war ein Sturm aus Verzweiflung und Reue.

«Aber ich habe erkannt, wie falsch das war. Ich will es beenden, Ludwig. Du bist der Bessere, das habe ich gesehen und das werde ich akzeptieren. Ich hoffe, du kannst mir verzeihen.»

Die Luft zwischen ihnen war geladen mit der Schwere ihrer Worte. Ludwig, der zwischen Wut und Mitleid schwankte, fand die Kraft, seine Fassung wiederzugewinnen.

«Ich muss darüber nachdenken. Das…
muss ich erstmal verdauen. Dennoch
danke ich dir für deine Ehrlichkeit.»
Ohne ein weiteres Wort eilte Ludwig zu
Joe, der ihn bereits suchend durch die
Menge blickte.
«Joe, wir müssen reden. Jetzt.»
Ludwigs Stimme war drängend, seine
Augen funkelten vor Entschlossenheit.
Elena blieb einen Moment allein im
Scheinwerferlicht der leeren Bühne
zurück, nachdem Ludwig gegangen
war. Sie schloss die Augen und atmete
tief ein.
«Warum konnte ich nicht einfach mit
ihm reden, bevor alles so weit
gekommen ist?», murmelte sie leise zu
sich selbst.
Sie öffnete die Augen wieder, ließ ihren
Blick über die leeren Sitze schweifen –
jedes Mal, wenn sie hier stand, fühlte
sie sich lebendig, doch heute war es
anders. Heute war es, als stünde sie vor
den Trümmern ihres eigenen Lebens.

«Ich muss das wiedergutmachen, nicht nur bei Ludwig, sondern auch bei mir selbst. Ich muss wiederfinden, was ich verloren habe.»

Entschlossen verließ sie die Bühne, bereit, sich den Konsequenzen zu stellen und einen neuen Weg zu finden.

Ludwig erklärte Joe, was Elena ihm eben gesagt hatte. Erstaunt blickte Joe zur Bühne, auf der Elena stand und dabei ziemlich verloren aussah, und wieder zurück zu Ludwig.

«Zum Glück ist nicht wirklich etwas Schlimmes passiert und sie ist einsichtig», sagte er nun.

Ludwig und Joe verließen gemeinsam das Theater und redeten noch eine Weile darüber.

Kapitel 8

Der Abend hatte alles, was zu einem unvergesslichen Theatererlebnis dazugehörte: Ein ausverkauftes Haus, ein gespanntes Publikum und die elektrisierende Energie der Darsteller hinter dem Vorhang. Ludwig, inmitten der hektischen Vorbereitungen, fand einen Moment der Ruhe. Er dachte daran, wie sehr sich die Dinge geändert hatten – Elena, die ihre Eifersucht überwunden hatte und nun eine Stütze Ludwigs war, und Joe, dessen stille Präsenz ihm mehr Sicherheit gab, als er je zu hoffen gewagt hätte.

Heute Abend sollte Joes letzter Einsatz sein. Nach Elenas Geständnis und ihrer spürbaren Besserung war die allgemeine Überzeugung, dass die Bedrohungen ein Ende gefunden hatten. Ludwig war hin- und hergerissen.

Einerseits freute er sich auf die Rückkehr zur Normalität, andererseits fürchtete er den Verlust der Nähe zu Joe, die zu einem festen Bestandteil seines Lebens geworden war.

Elena trat zu ihm, ihr Blick ernst, aber freundlich.

«Ludwig, ich hoffe, wir können das hinter uns lassen», sagte sie leise. «Ich bin so froh, dass wir wieder Freunde sein können.»

Ludwig lächelte sanft.

«Ich auch, Elena. Lass uns nach vorne schauen.»

Als der Vorhang sich hob und das Licht die Bühne erfüllte, gab sich Ludwig ganz seiner Rolle hin. Die Energie des Publikums trug ihn, ließ ihn höher fliegen, tiefer empfinden. Er war in seinem Element, bis zu dem Moment, als das Unfassbare geschah.

Ein schrilles Kreischen durchbrach die Musik – das Geräusch von Metall, das gegen Metall schlug. Ludwig hob instinktiv den Blick und sah, wie ein Scheinwerfer sich löste und direkt auf ihn zustürzte. Panik erfasste ihn, doch bevor er reagieren konnte, war Joe da. Mit einer Geschwindigkeit und Entschlossenheit, die nur echte Beschützerinstinkte hervorrufen, stieß Joe ihn zur Seite und nahm den Aufprall selbst auf sich.

Ein Schrei ging durch das Publikum, als der Scheinwerfer mit einem ohrenbetäubenden Krach auf der Bühne aufschlug. Sofort wurde das Licht eingeschaltet, und das Chaos nahm seinen Lauf. Ludwig, der knapp dem Unfall entkommen war, eilte zu Joe, der am Boden lag.

«Joe, nein, bitte», stammelte Ludwig, während Tränen seine Wangen hinunterliefen. «Warum?»

Joe hustete, ein schwaches Lächeln auf seinen Lippen.

«Weil es mein Job ist, dich zu beschützen. Ich… ich könnte es nicht ertragen, wenn dir etwas passiert.»
Hilfe kam eilig herbei, und während Joe vorsichtig auf eine Trage gelegt wurde, hielt Ludwig seine Hand.
«Das sollte dein letzter Tag sein… Warum musste das passieren?»
Im Krankenhaus, an Joes Bett, war die Stimmung gedämpft. Ludwig hielt die Wache, unfähig, den Mann zu verlassen, der sein Leben für ihn riskiert hatte.
«Ich dachte, wir wären sicher. Ich dachte, alles wäre vorbei», flüsterte Ludwig, mehr zu sich selbst als zu Joe.
In den Tagen nach dem beängstigenden Zwischenfall lag eine schwere Stille über den gewohnten Abläufen. Die Polizei hatte ihre Ermittlungen aufgenommen, und die Nachricht, dass der Scheinwerfer absichtlich manipuliert worden war, verbreitete sich schnell.

Ein kalter Schatten der Angst legte sich über alle, die Ludwig nahestanden, während das Rätsel um den Täter und dessen Motive unaufgelöst blieb.

Joe, der im Krankenhaus langsam auf dem Weg der Besserung war, konnte den Gedanken nicht abschütteln, dass der Anschlag noch immer Fragen aufwarf.

Wer hatte einen so tiefen Groll gegen Ludwig, dass er zu einem Mordversuch fähig war? Und wichtiger noch, war Ludwig immer noch in Gefahr?

Elena besuchte Joe, ihre Sorge um beide Männer kaum zu verbergen.

«Wie geht es dir?», erkundigte sie sich leise, als sie neben Joes Bett saß.

«Ich werde durchkommen», antwortete Joe, ein schwaches Lächeln auf den Lippen. «Wir müssen herausfinden, wer hinter all dem steckt.»

Ludwig, der viel Zeit damit verbrachte, die jüngsten Ereignisse zu durchdenken, fühlte sich zunehmend frustriert über die mangelnden Fortschritte bei der Suche nach dem Täter. Die Polizei arbeitete mit Hochdruck, doch ohne greifbare Hinweise oder Motive gestaltete sich die Aufklärung schwierig.

«Es muss jemand sein, der mir nahesteht… oder zumindest dem Theater», murmelte Ludwig, während er mit Joe und Elena im Krankenhauszimmer zusammensaß.

«Wir dürfen niemanden ausschließen», sagte Joe ernst. «Es könnte jemand aus der Vergangenheit sein, jemand, der neidisch auf deinen Erfolg ist oder eine alte Rechnung offen hat.»

Die drei grübelten gemeinsam über mögliche Verdächtige, doch ohne konkrete Anhaltspunkte fühlten sich ihre Überlegungen wie Stiche im Dunkeln an. Die Theatergemeinschaft war eng verbunden, und der Gedanke, dass einer von ihnen zu einer solch extremen Tat fähig sein könnte, war beunruhigend.

«Was ist mit den technischen Mitarbeitern? Oder jemandem, der kürzlich aus dem Ensemble ausgeschieden ist?», schlug Elena vor. «Vielleicht fühlt sich jemand übergangen oder benachteiligt.»

«Die Polizei befragt bereits alle Mitarbeiter und früheren Kollegen», erklärte Ludwig. «Aber bis jetzt gibt es keine Anzeichen dafür, dass jemand von ihnen beteiligt sein könnte.»

Die Diskussion drehte sich im Kreis, jede neue Theorie führte zu weiteren Fragen, ohne Antworten zu bieten. Die Unsicherheit lastete schwer auf Ludwig. Die Vorstellung, dass der Täter noch immer frei herumlief, vielleicht sogar Pläne für einen weiteren Anschlag schmiedete, ließ ihn nachts wach liegen.

Als das Gespräch endete und Elena das Krankenhauszimmer verließ, blieb eine drückende Stille zurück. Joe griff nach

Ludwigs Hand, ein stummes Versprechen von Beistand und Schutz.

«Wir werden das herausfinden,
Ludwig. Ich lasse nicht zu, dass dir
etwas zustößt», versicherte Joe, seine
Entschlossenheit unerschütterlich.

Die Tage nach dem beängstigenden Vorfall im Theater fanden Ludwig regelmäßig an Joes Krankenhausbett. Es war ein Bild der Ruhe, das in starkem Kontrast zu den turbulenten Emotionen stand, die in beiden von ihnen brodelten. Joe, der allmählich an Stärke gewann, fand Trost in Ludwigs Anwesenheit, einem stummen Zeichen der Solidarität und Unterstützung inmitten der Unsicherheiten, die ihre Leben umgaben.

Eines Nachmittags, als die Sonne durch das Fenster des Krankenzimmers fiel und ein Muster aus Licht und Schatten auf den Boden malte, brach Ludwig das Schweigen mit einer Offenheit, die bis dahin nur in seinen Gedanken Raum gefunden hatte.

«Joe», begann er, seine Stimme kaum mehr als ein Flüstern, «diese ganzen Ereignisse… sie haben mir gezeigt, wie flüchtig alles sein kann. Wie schnell sich Leben verändern kann.»

Er hielt inne, ringend um die richtigen Worte, die seine Gefühle ausdrücken konnten.

Joe richtete seinen Blick auf Ludwig, in seinen Augen ein Leuchten, das von Verständnis und einer tiefen emotionalen Verbindung zeugte.

«Ludwig, ich…» Joe zögerte, die Bedeutung des Moments erfassend. «Ich habe in meiner Zeit als Bodyguard viele Menschen kennengelernt, viele Geschichten gehört. Aber keine hat mich so berührt wie deine. Wie unsere.»

Ludwigs Herz schlug schneller bei Joes Worten, ein süßes, doch schmerzhaftes Echo der Gefühle, die er seit ihrer ersten Begegnung zu unterdrücken versucht hatte.

«Joe, ich muss dir etwas gestehen», sagte Ludwig schließlich, den Mut zusammennehmend. «Ich habe Gefühle für dich entwickelt, die weit über das hinausgehen, was ich erwartet hatte.

Mehr als nur Freundschaft. Und ich weiß, unter anderen Umständen, in einer anderen Welt, wäre es vielleicht einfacher, diese Worte auszusprechen. Aber auch inmitten dieses Chaos, dieser Angst, fühlt es sich richtig an, dir das zu sagen.»

Ein langes Schweigen breitete sich zwischen ihnen aus, in dem Joe sorgfältig seine Antwort wählte.

«Ludwig», begann er schließlich, seine Stimme fest, doch voller Zärtlichkeit, «ich fühle dasselbe. Ich habe gegen diese Gefühle angekämpft, aus Angst, die Grenzen zu überschreiten, die unsere Situation mit sich bringt. Aber ich kann und will sie nicht länger leugnen.»

In diesem Augenblick war alles andere irrelevant. Die Unsicherheit der Zukunft, die Bedrohung, die immer noch über ihnen schwebte, die Fragen, die unbeantwortet im Raum standen – all das trat in den Hintergrund angesichts der Wahrheit ihrer Gefühle. Ludwig griff nach Joes Hand, ein physischer Ausdruck der emotionalen Brücke, die sich zwischen ihnen gebildet hatte.

«Ich weiß nicht, was die Zukunft bringt, Joe», flüsterte Ludwig, «aber ich möchte, dass du ein Teil davon bist. Egal, was passiert.»

Joe drückte Ludwigs Hand, seine Antwort ein stilles Versprechen, das keine Worte benötigte.

Ludwig beugte sich zu Joe hinab und sie gaben einander einen sanften Kuss.

In diesem Raum, durchdrungen von Sonnenlicht und Schatten, fanden sie einen Moment der Klarheit und des Friedens, ein seltenes Geschenk in den Wirren, die ihr Leben bestimmt hatten.

Kapitel 9

Ludwigs Schritte hallten durch die leeren Gänge des Theaters, als er zum ersten Mal seit dem Vorfall wieder das Gebäude betrat. Die Luft war erfüllt mit dem vertrauten Duft von Holz und Stoff, doch etwas hatte sich unwiderruflich verändert. Jeder Winkel schien die Erinnerung an jene Nacht zu bewahren, als das Licht fast erloschen wäre – sein Licht.

Die Kollegen, die ihm bei seiner Ankunft begegneten, boten tröstende Worte und Umarmungen an. Ihre Gesichter spiegelten eine Mischung aus Mitgefühl und eigener Verarbeitung der Geschehnisse wider. Ludwig schätzte ihre Anteilnahme, fühlte sich jedoch wie in einer Blase, durch die die Worte nur gedämpft zu ihm durchdrangen.

Elena fand ihn, als er im Zuschauerraum stand und die leere Bühne betrachtete. Ihre Schritte waren zögerlich, als sie sich neben ihn setzte.

«Ludwig», begann sie, ihre Stimme zitterte leicht, «ich kann mir nicht annähernd vorstellen, wie du dich fühlst. Aber ich möchte, dass du weißt, wie leid es mir tut. Nicht nur wegen… früher. Sondern auch, weil ich nicht da war, als es darauf ankam.»

Ludwig wandte sich ihr zu, sah in ihr Gesicht, das von Reue gezeichnet war.

«Elena, ich weiß, dass du deine eigenen Dämonen bekämpfst. Und ich weiß auch, dass wir alle Fehler machen. Deine Entschuldigung bedeutet mir viel.»

Seine Worte waren ehrlich, ein Zeichen seiner Bereitschaft, nach vorne zu schauen, auch wenn ein Teil seines Herzens in jener Nacht verloren gegangen war.

«Wie geht es Joe?», fragte Elena leise, als wäre sie sich unsicher, ob sie das Recht hatte, nach ihm zu fragen.

«Er erholt sich. Er ist stark», antwortete Ludwig mit einem leichten Lächeln, das mehr für sich selbst als für Elena bestimmt war. «Aber es wird Zeit brauchen. Für uns alle.»

Sie sprachen noch eine Weile, nicht nur über die Geschehnisse, sondern auch über das Theater, ihre Rollen und die Stücke, die sie prägten. Es war ein Versuch, Normalität in das Chaos zu bringen, das ihre Leben überschattete.

Als Ludwig später allein auf der Bühne stand, ließ er den Blick durch den leeren Zuschauerraum schweifen. Die Stille war erdrückend, doch zugleich bot sie Raum für Reflexion. Er dachte an Joe, an die Worte, die sie geteilt hatten, und an die ungewisse Zukunft, die vor ihnen lag. In diesem Moment erkannte er, dass das Theater – trotz allem – sein Zufluchtsort blieb. Ein Ort, an dem er nicht nur Rollen spielte, sondern sich selbst finden konnte, inmitten der Stürme des Lebens.

Die Rückkehr zur Normalität war ein schleichender Prozess, durchsetzt mit Momenten der Angst und der Trauer, aber auch mit solchen der Hoffnung und der Zuversicht. Ludwig erkannte, dass die Wunden der Vergangenheit Zeit brauchen würden, um zu heilen, dass aber das Theater – mit all seinen Erinnerungen und Herausforderungen – immer noch der Ort war, an dem er sich am meisten lebendig fühlte.

In den Proben, die nun wieder Teil seines Alltags wurden, und in den leisen Gesprächen hinter der Bühne, in den Gesten der Unterstützung und den Blicken voller Verständnis, fand Ludwig einen neuen, tieferen Sinn für seine Zugehörigkeit zur Welt des Theaters.

Joe wurde einige Tage nach dem dramatischen Vorfall aus dem Krankenhaus entlassen.

Seine Verletzungen, obwohl ernst, waren zum Glück nicht lebensbedrohlich, und dank der schnellen medizinischen Versorgung und seiner robusten Konstitution begann er schnell zu genesen. Seine Entlassung markierte nicht nur einen Wendepunkt in seiner physischen Heilung, sondern auch einen emotionalen Moment für ihn und Ludwig, da sie nun gemeinsam und mit erneuerter Entschlossenheit den nächsten Schritten entgegensehen konnten.

An dem Tag, an dem Joe aus dem Krankenhaus entlassen wurde, entschieden sich er und Ludwig, dies bei Maria im Café gegenüber dem Theater zu feiern.

Als sie eintraten, wurden sie sofort von Maria begrüßt, deren Augen sich bei dem Anblick Joes mit Freude und Erleichterung füllten.

«Joe! Es ist so schön, dich wieder auf den Beinen zu sehen», rief sie aus und kam um den Tresen herum, um beide in eine herzliche Umarmung zu ziehen. «Und Ludwig, dich strahlend und in guter Gesellschaft zu sehen, wärmt mir das Herz.»

Nachdem sie sich an ihrem Stammplatz niedergelassen hatten, mit Blick auf die belebte Straße und das Theater gegenüber, schwebte ein Gefühl der Zuversicht zwischen ihnen. Doch dieser friedliche Moment wurde jäh durch Ludwigs klingelndes Handy unterbrochen. Es war ein Anruf von der Polizei.

«Herr Lanz? Hier ist Kommissar Weber. Ich habe Neuigkeiten bezüglich des Anschlags im Theater. Wir haben eine verdächtige Person auf den Überwachungsbildern identifiziert, die sich zur Tatzeit im Bühnenbereich aufhielt. Alles deutet auf Markus Steiner hin, ein ehemaliges Mitglied Ihres Ensembles. Das Problem ist, er ist verschwunden. Seine

Wohnung ist leer, und sein Aufenthalts-
ort ist derzeit unbekannt.»

Ludwig fühlte, wie sich die anfängliche
Erleichterung in eine tiefe Besorgnis
verwandelte.

«Und jetzt? Was bedeutet das für uns?»

«Wir haben die Fahndung eingeleitet,
aber bis wir Herrn Steiner finden,
besteht möglicherweise weiterhin eine
Gefahr für Sie. Ich rate zu erhöhter Vorsicht. Wir werden natürlich alles tun,
um Sie zu schützen.»

Nachdem das Gespräch beendet war,
ließen Ludwig und Joe den Informa-
tionsfluss zwischen sich sacken. Maria,
die bemerkt hatte, dass sich die Stimmung verändert hatte, näherte sich
ihrem Tisch mit besorgtem Blick.

«Ist alles in Ordnung bei euch?»

«Es ist noch nicht vorbei», gestand
Ludwig, während Joe zustimmend
nickte.

Maria legte ihre Hände auf ihre Hüften,
ihr Blick wurde entschlossen.

«Dieses Café ist immer ein sicherer Hafen für euch. Wir lassen uns von niemandem einschüchtern, verstanden?»

Nach dem Anruf saßen sie eine Weile schweigend da, verloren in ihren Gedanken, bis Elena das Café betrat. Ihr Blick fiel sofort auf Ludwig und Joe, und sie steuerte direkt auf sie zu.

«Ich habe gehört, was passiert ist», sagte sie leise, als sie sich zu ihnen setzte. «Dass Markus… Ich kann es kaum glauben.»

Elena atmete tief durch, bevor sie weitersprach.

«Mir ist allerdings eingefallen, warum Markus entlassen wurde. Du weißt ja selbst, es ist nun fast ein Jahr her. An diesen Vorfall hatte ich nicht mehr gedacht. Es war nicht nur sein Verhalten oder seine Einstellung. Er hat Requisiten aus dem Theater gestohlen. Und als er damit konfrontiert wurde, hat er alles abgestritten.»

Die Neuigkeiten überraschten Ludwig. «Und warum denkt er, dass ich etwas damit zu tun habe?»

«Nachdem er entlassen wurde, hat Markus angefangen, zu glauben, dass jemand ihn verraten hat. Was ist, wenn er denkt, dass du es warst?»

«Aber ich habe ihn nicht verraten. Ich war damals neu am Theater, habe in kaum gekannt. Ich wusste ja nicht einmal, dass er wegen Diebstahls entlassen wurde», entgegnete Ludwig erstaunt.

«Ich weiß, Ludwig. Aber vielleicht hat sich in Markus' Kopf diese Überzeugung festgesetzt. Seine Entlassung war ein enormer Schlag für ihn – nicht nur beruflich, sondern auch persönlich. Er sah, wie seine Zukunft zerbröckelte, und in seiner Wut und Verzweiflung hat er dich zum Sündenbock gemacht», sagte Elena.

Joe, der die Unterhaltung aufmerksam verfolgte, fügte hinzu: «Das gibt seinen Aktionen einen Kontext. Nicht, dass es sie rechtfertigt, aber es hilft uns, seine Motive besser zu verstehen.»

«Genau darum geht es mir», sagte Elena. «Vielleicht hilft es der Polizei auch, Markus besser zu verstehen und letztendlich zu finden.»

Kapitel 10

Der kühle Abendwind wehte sanft durch die Straßen, als Ludwig und Joe, Hand in Hand, das Theater verließen. Die Stille der Nacht umhüllte sie, ein friedvoller Kontrast zu dem Sturm der Gefühle, der in ihnen beiden tobte. Sie genossen die Nähe des anderen, ein stilles Bekenntnis ihrer Verbundenheit in einer Welt, die so oft von Unsicherheit geprägt war.

«Es fühlt sich so richtig an, mit dir hier zu sein», murmelte Ludwig, seine Finger fester um Joes Hand schließend.

Joe lächelte, sein Blick voller Zuneigung auf Ludwig gerichtet.

«Ich könnte mir keinen besseren Ort vorstellen, an dem ich gerade sein möchte.»

Ihre Schritte hallten auf dem Pflaster, als plötzlich eine dunkle Gestalt aus dem Schatten trat und sich ihnen in den

Weg stellte. Es war Markus, sein Gesicht zu einer Maske der Wut verzerrt.

«Ludwig! Du hast mein Leben zerstört!» Markus' Stimme zitterte vor Zorn.

Ludwig blieb stehen, sein Herzschlag beschleunigte sich.

«Markus, das ist nicht wahr. Was immer du denkst, dass passiert ist – wir können darüber reden.»

«Reden?» Markus lachte bitter. «Es ist zu spät zum Reden. Du hast mir alles genommen, was mir wichtig war!»

Bevor Ludwig reagieren konnte, stürmte Markus vor, in seiner Hand hielt er ein Messer. Doch Joe war schneller. Mit der Präzision eines erfahrenen Bodyguards trat er vor Ludwig und blockierte Markus' Stoß. Das Messer fiel auf den Boden.

«Das ist genug!» Joes Stimme war ruhig, aber bestimmt. «Gewalt ist nicht die Lösung.»

Markus kämpfte wild, aber Joe hielt ihn fest, unerschütterlich in seinem Entschluss, Ludwig zu schützen.

«Du verstehst nicht», keuchte Markus, während er sich in Joes Griff wand.

«Was ich verstehe, ist, dass Hass nur mehr Hass erzeugt», entgegnete Joe, während er Markus weiter festhielt.

Die Polizeisirenen in der Ferne kündigten das baldige Eintreffen der Ordnungshüter an. Markus hörte auf zu kämpfen, die Erkenntnis seiner Ausweglosigkeit dämmerte ihm.

Als die Polizei eintraf und Markus in Gewahrsam nahm, sahen Joe und Ludwig einander an, ihre Blicke voller Erleichterung, aber auch tiefer Sorge um die Narben, die dieser Konflikt hinterlassen hatte.

«Joe, ich… ich weiß nicht, was ich ohne dich getan hätte», flüsterte Ludwig, seine Stimme zitternd.

«Du wirst es nie herausfinden müssen», antwortete Joe, seine Hand sanft auf

Ludwigs Wange legend. «Ich bin hier, für dich. Wir stehen das gemeinsam durch.»

Nachdem die Polizeiwagen in die Nacht verschwunden waren, standen Ludwig und Joe noch einen Moment lang in der leeren Straße. Der Schrecken des Abends lag schwer in der Luft, doch mit Markus' Festnahme begann er, sich langsam aufzulösen.

«Ich kann kaum glauben, dass das wirklich passiert ist», sagte Ludwig leise, während er noch immer versuchte, die Ereignisse zu verarbeiten.

«Es ist vorbei», antwortete Joe, seine Stimme fest, aber sanft. «Komm, lass uns nach Hause gehen. Wir beide könnten etwas Ruhe gebrauchen.»

Als sie den Weg zu Ludwigs Wohnung antraten, fühlte sich jeder Schritt wie eine Befreiung von dem Gewicht an, das sie die ganzen Wochen getragen hatten. In dieser Stille, nur unterbrochen durch das gelegentliche Knirschen ihrer Schritte auf dem Kiesweg, fanden sie einen tröstlichen Frieden in der Gegenwart des anderen.

Zuhause angekommen, ließ Ludwig seine Schlüssel auf dem Küchentresen fallen und wandte sich Joe zu. In dem warmen Licht der Wohnung wirkte die Dunkelheit der vergangenen Stunden weit entfernt.

«Joe, nach allem, was passiert ist… Ich bin so dankbar, dass du bei mir bist.»

Joe trat näher, seine Hände fanden die von Ludwig.

«Nichts hätte mich davon abhalten können, bei dir zu sein. Wir haben viel durchgemacht, Ludwig. Aber es hat uns nur nähergebracht.»

In diesem Moment gab es für Ludwig nichts Wichtigeres als die Nähe zu Joe. Die Ereignisse des Abends hatten eine neue Tiefe in ihrer Beziehung eröffnet, eine Verbindung, die über Worte hinausging.

«Lass uns ins Bett gehen», schlug
Ludwig vor, seine Stimme kaum mehr
als ein Flüstern. «Wir brauchen beide
etwas Ruhe.»

Joe nickte, und Hand in Hand gingen
sie ins Schlafzimmer. Sie zogen sich aus
und schlüpften unter die Decke, die
Wärme des anderen suchend. In der
Stille der Nacht, umhüllt von der
Dunkelheit, fanden sie Trost in der
Gegenwart des anderen. Ihre flüs-
ternden Gespräche drehten sich nicht
mehr um die Angst und die Unsicherheit, sondern um die Hoffnung und die
Zuversicht, die sie in ihrer gemein-
samen Zukunft sahen.

Während sie so dalagen, die Stille nur
durch das leise Atmen des anderen
unterbrochen, fühlte Ludwig, wie die
Anspannung von ihm abfiel.

Hier, in Joes Armen, fand er einen Frieden, den er seit Langem nicht gespürt
hatte. Die Ereignisse des Abends hatten

sie auf eine harte Probe gestellt, aber sie hatten sie gemeinsam überstanden.

«Ich liebe dich, Joe», flüsterte Ludwig, die Worte leise in der Dunkelheit.

«Ich liebe dich auch, Ludwig», antwortete Joe, seine Stimme ebenso leise, aber voller Gewissheit.

Prolog

Einige Monate waren vergangen seit jener Nacht, die Ludwig und Joe für immer verändern sollte. Der Frühling hatte die Kälte des Winters abgelöst, und mit ihm blühte nicht nur die Natur, sondern auch die Hoffnung und das neue Leben, das die beiden gemeinsam aufgebaut hatten.

An diesem besonderen Morgen saßen Ludwig und Joe auf ihrem kleinen Balkon, umgeben von blühenden Topfpflanzen, die Joe mit liebevoller Sorgfalt gepflegt hatte. Die Sonne war gerade aufgegangen, tauchte die Stadt in ein sanftes, goldenes Licht und versprach einen Tag voller Möglichkeiten.

«Wenn mir jemand gesagt hätte, dass wir hier sein würden, nach allem, was passiert ist… Ich hätte es kaum glauben können», sagte Ludwig, während er einen Schluck von seinem Kaffee nahm.

Joe lächelte, seine Augen leuchteten in der Morgensonne.

«Das Leben ist voller Überraschungen, nicht wahr?»

Die Ereignisse mit Markus schienen jetzt wie ein ferner Schatten, eine dunkle Erinnerung, die durch die Liebe und Unterstützung, die sie füreinander und von ihren Freunden erfahren hatten, verblassen konnte. Markus war zu einer langen Haftstrafe verurteilt worden, ein Kapitel, das sie nun endgültig hinter sich lassen konnten.

«Es war nicht leicht», fuhr Ludwig fort, seine Hand suchte und fand Joes. «Aber ich glaube, es hat uns auch gezeigt, dass es okay ist, Hilfe zu suchen und sich auf andere zu verlassen.»

Joe nickte zustimmend.

«Genau. Und es hat uns gelehrt, jeden Moment zu schätzen. Nichts ist selbstverständlich.»

Ihre Blicke trafen sich, und in diesem Moment brauchten sie keine Worte, um zu verstehen, was der andere dachte.

«Was hältst du davon, heute Abend mit den anderen auszugehen?», schlug Joe vor.

Er hatte seinen Job als Bodyguard aufgegeben und arbeitete nun als Türsteher einer kleinen Diskothek «Es wäre schön, etwas Zeit mit unseren Freunden zu verbringen.»

Ludwig lächelte.

«Das klingt perfekt. Es ist an der Zeit, das Leben zu feiern – unser Leben.»